KB266322

ⓒ 박광현, 2026

초판 1쇄 발행 2026년 4월 29일

지은이   박광현
펴낸이   이기봉
편집   좋은땅 편집팀
펴낸곳   도서출판 좋은땅
주소   서울특별시 마포구 양화로12길 26 지월드빌딩 (서교동 395-7)
전화   02)374-8616~7
팩스   02)374-8614
이메일   gworldbook@naver.com
홈페이지   www.g-world.co.kr

ISBN   979-11-388-5901-1 (03810)

• 가격은 뒤표지에 있습니다.
• 이 책은 저작권법에 의하여 보호를 받는 저작물이므로 무단 전재와 복제를 금합니다.
• 파본은 구입하신 서점에서 교환해 드립니다.

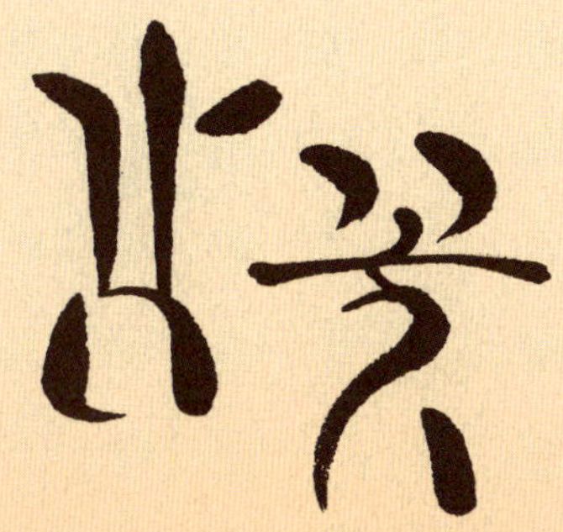

감꽃

박광현 시집

좋은땅

추천사 1

이신열(고신대학교 신학과 교수)

인간이 추구하는 아름다움은 크게 청각과 관련된 음악적 미와 시각과 관련된 다양한 미술적 미에서 비롯된다. 그런데 언어에서 비롯되는 미는 시를 통해서 우리에게 전달되는데 이는 인간의 감성을 직접적으로 자극하는 효과를 자아낸다. 인간의 언어는 삼위 하나님의 선물로서 상호 의사소통을 위한 도구이다. 성부, 성자, 성령 하나님은 하나의 본체를 공유하시는 한 분 하나님으로서 그는 소통의 하나님이시다. 17세기 미국의 회중주의 신학자 조나단 에드워즈(Jonathan Edwards)는 특히 삼위일체론의 이 특징을 강조한 신학자인데 하나님을 아름다움을 소통하는 분으로 묘사한다. 물론 에드워즈가 시인은 아니었지만 그의 마음에 하나님은 항상 아름다움과 소통의 하나님이었다. 이런 맥락에서 기독교인은 성령의 능력으로 하나님의 마음을 깨닫고 그 마음에 가득한 아름다움을 소통하기를 배우는 자이다. 그렇다면 이렇게 성령을 통해 기독교인에게 주어진 신적 아름다움을 어떻게 표현할 수 있는가? 라는 질문이 자연스럽게 제기될 수 있다.

이 질문에 대한 답변이 시를 통해서 주어진다는 사실을 박광현 시인의 시가 우리에게 가르쳐 주고 있다. 그가 기독교 미학이라는 분야를 연구해서 신학 석사학위를 취득했다는 사실이 이를 방증한다. 박광현 시인은 대학에서 교육학과 영문학을, 대학원에서 신학으로 석사학위(Th. M.)를, 기독교교육학으로 박사학위(Ph. D.)를 획득한 재원이신데 이렇게 기독교적 지성과 정서를 바탕으로 시집을 출간하게 되었음을 진심으로 축하드린다.

그의 시는 신앙의 시요, 신적 아름다움을 우리에게 일깨우는 전령과 같은 언어적 잔치이다. 인간의 삶이 언어에 의해 형성되고 발전되고 더 나아가서 언어를 통해 정의된다는 사실을 고려한다면 하나님이 우리에게 주신 언어를 갈고 닦아서 이 언어로 아름다움을 담아내고 전달하는 박광현 박사의 이 시집은 그가 우리 모두에게 제공하는 놀라운 선물이 아닐 수 없다. 이 시집을 펴서 읽는 독자의 마음속에 하나님이 주시려는 아름다움이 자연스럽게 묻어나오는 것을 발견하고 기뻐하게 된다. 이 작지만 충만한 기쁨을 제공하는 그의 시집을 더 많은 사람이 읽고 우리의 언어 사용에 담긴 신적 아름다움을 맛보고 이를 즐기기를 배워 나가는 사람들이 더 많아지기를 소원하는 마음이다. 기독교 시인이 추구하는 시는 하나님께서 주신 언어를 연마하는 가운데 먼저 하나님의 마음과 그 아름다움에 침잠함의 결과이며 이는 곧 신앙의 연습에서 비롯되며 곧 기도의 또 다른 형태이다.

부디 이 시집을 읽는 기독교인들이 그들의 일상적 삶을 형성하고 지배하는 언어의 독특함과 그 아름다움을 파악하는 재미와 즐거움이 무엇인가를 맛보고 체험하는 기회가 더 많아지기를 바란다. 이렇게 시의 중요성을 인식하는 것은 삶이 곧 하나님의 선물이며 삶이 얼마나 엄청난 경이로운 아름다움으로 가득 차 있다는 것을 깨닫는 행위이다. 이 시집이 많은 기독교인, 특히 그리스도 안에서 새로운 생명을 누리고 그 생명이 제공하는 아름다움을 조금씩 깨닫는 삶을 추구하는 자들에게 많은 도움이 될 것이라는 확신의 마음으로 추천사를 마무리하고자 한다.

추천사 2

조성필(대구남성교회 담임목사)

사람이 시(詩)를 짓고, 시가 사람을 만든다. 시가 사람이 되니, 시는 인간 그 자체다.

사람과 시가 분리되지 않을 만큼 그의 시는 정직하다. 시인의 말과 향취가 시에 짙게 배어있다. 시집 『감꽃』은 우리가 왜 시를 읽어야 하는지를 가르쳐 준다.

풋풋했던 20대 중반 우리는 신학교에서 만나 친구가 되었다. 우리는 남성중창단에서 함께 노래했고, 놀았고, 기도했다. 이제 30년 지기 친구가 다 되어간다.

저자는 신학을 전공했고, 기독교교육학으로 박사학위를 받았고, 현재 교사로 섬기고 있다. 그래서 그를 부르는 호칭이 여러가지다. 학위가 있으니 박사, 아이들을 가르치니 교사, 시집을 냈으니 시인이다. 나는 그가 계속

시인으로 살기 바란다. 시는 늙지 않고, 은퇴도 없고, 늘 곁에 있기 때문이다

　그의 시를 읽고 있으면 입가에 미소가 번진다. 시간이 정지(停止)되고 마음에 숨겨진 동심(童心)이 일어난다. 노래하는 시인이 옆에서 말을 거는 것 같다. 그와 함께 시를 노래하고 싶다.

　사랑하는 친구의 시를 추천하게 되어 너무 기쁘고 행복하다.

감사의 말

어느 여름날 처마 밑에서 빗소리 들으며, 엄마가 삶아 주신 옥수수를 먹던 기억을 떠올리면 입가에 미소가 번집니다. 사계절이 여러 번 지나 아이는 어른이 되었지만 유년의 추억들은 세상을 살아갈 힘이 됩니다. 고향 집 마당에서 보았던 꽃과 나무, 산과 들에서 놀던 추억들을 『감꽃』으로 엮었습니다.

기독교인에게 시가 어떤 의미를 지니는지에 대한 훌륭한 추천사를 써 주신 고신대학교 이신열 교수님께 감사의 마음을 전합니다. 목회자의 관점에서 추천사를 정성스럽게 써 주신 대구 남성교회 조성필 목사님께 감사의 마음을 전합니다.

부모님과 형제들의 사랑에 감사의 말을 전합니다. 『감꽃』 표지 그림을 그려 준 조카 예지에게 감사의 마음을 전합니다. 사랑하는 아내 일금, 군 복무 중인 큰아들 상준, 올해 대학생이 되는 막내 상우에게 이 시집이 작은 선물이 되었으면 좋겠습니다.

자연을 통해 최고의 시를 날마다 선물해 주시는 언어와 아름다움의 근원이신 하나님께 모든 영광을 돌립니다.

차례

1부

선물

봄 1

네가 오면

난

눈

뜨고

꿈길을

걷는다

봄 2

잊고 지내면
빨리 오려나

올 듯 올 듯
오지 않네

어느 날 문득
온다 해도

함박꽃웃음으로
반겨 줄 테야

꽃

잡초 같은
맘에

한 송이
여유로 피고

무심한
세월에

감탄을
선물하네

감꽃

하얀 별꽃
곱게 내렸다

새벽 아이들의
밥이 되려

아무도 모르게
소복이 내렸다

꿈꾸는 아이들의
면류관이 되려

벚꽃

볕 좋은날
벚꽃 길

벗 있어
더 좋은 길

개나리

소복한
병아리 발자국

마당 꽃밭에서
동네 길가로

가파른 언덕에서
어느새 산허리로

숨바꼭질

라일락
넝쿨 속

꼭꼭 숨은
네 얼굴

보일락
말락

민들레 홀씨

풀냄새
바람결

햇살에
노니며

빈 듯
꽉 찬

우주의 신비

나팔꽃

들을 귀
있는 자만 듣는

하늘에
울려 퍼지는

보랏빛
나팔소리

도라지꽃

우주 안테나 켜고
고향별과 교신 중

지구 꽃들과
어울리는 듯

색다른
포스

들꽃에게

어릴 적부터 봐 온

들꽃

불러 줄 이름 몰라

미안

봄 밤

벚꽃 잎 바람에 실려

산으로 번지는 수채화

계절의 여왕 춤추는

더하고 뺄 수 없이 좋은 날

나도 모르게

마실 나가는 봄 밤

아카시아꽃

탐스런 꿀송이
산마다 주렁주렁

달콤한 꿀 냄새
산 너머 마을까지

꿀벌이 바쁘니
아버지도 바쁘다 바빠

고향의 봄

향아
살구 매화 진달래
꽃향기 진동한다

숙아
얼른 바구니 챙겨
쑥 캐러 가자

현아
소리 가다듬고
함께 봄 노래하자

의심해 봄

진짜
봄이 왔나

내의는
벗어도 되나

패딩은
빨아도 되나

믿는 도끼에
두어 번 찍히니

꽃이 피고
새가 날아도

이게 진짜 봄인가
의심해 봄

믿어 봄

두어 번
속아도

그래도
다시 올 줄

기어코
다시 올 줄

믿어 봄

꽃 잔치

눈꽃도
봄꽃도

함께 피는
오늘

꽃 잔치
열렸다

봄바람

도무지 끝 보이지 않던

겨울의 터널

목련 환한 빛에

활짝 열린다

도무지 녹을 것 같지 않던

겨울의 한기

벚꽃 잔잔한 바람에

살살 녹는다

밥나무

산책길 걷다
출출하면

소복한 조팝나무꽃
한참 쳐다보고

또 걷다
더 출출하면

수북한 이팝나무꽃
한참 쳐다보고

까치도 날아와
쩝쩝 입 다시고

상사병

삼랑진
녹슨 철길

소복한 병아리
고운 들꽃

다 보내고도
또 기다리는

노란
상사병

천국의 계절

오월은
소리 없이 푸르고

꽃은
꿈을 펼친다

산은
바람 춤 덩실대고

나는
밤낮없이 마실 다닌다

천국은
사시사철 오월이어라

매실청

사막에 파묻혀

비지땀 찔찔 흘리며

새파란 놈의 성격

죽기만 기다리지

호박꽃

한여름 더위에
누렇게 뜬 얼굴

심심찮게 찾아오는
꿀벌, 나비 손님

그래도 찡그리지 않고
환하게 웃어 주는

어디서 본 듯한
순한 할매 얼굴

채송화

봉선화 언니
그늘 아래

소담히
모여들어

이야기꽃
활짝 피워

여름

고놈 참
염치가 있네

여러 날
잠 못 자게 하더니

간밤에
도둑이사 갔네

고놈 참
염치가 있네

벼

땅에 박혀

하늘을 찌르다

쏟아지는 사랑에

머리를 숙이다

찰진 밥 되어

온전히 죽다

너의 힘으로

다시 일어서다

방학 숙제

방학
시작 날

방학이
영원했으면

방학
마지막 날

방학이
아예 없었으면

밀린 숙제 보고
아이가 하는 말

개학

아이들은 원하지
끝없는 방학을

교사들은 기대하지
더 착해진 학생들을

학부모는 소원하지
방학이 끝나기를

장마

46

우중충한 장마가
땅을 말갛게
산을 싱그럽게
하늘을 맑게

습습한 장마가
노을을 아름답게
여름을 여름답게
세상을 새롭게

살구

장마철 우산 들고
살구나무 아래 서면

더 좋을 수 없는
굵고 실한 살구

장맛비에 씻겨
후두둑 떨어진다

세상 처음 과실의 맛
분명 이랬을 거다

최고의 선물

아이들이 가끔
기특한 말을 한다

놀이공원 다녀와
"오늘 잘 놀아 주서서 감사해요"

부모의 마땅한 작은 수고에
"엄마 아빠 고마워요"

이런 말들은 세월이 지나도
빛이 바래지 않는다

보석처럼 마음에 반짝이며
오늘을 살아갈 힘을 준다

아이가 하는
작은 감사의 말은

부모가 받는

최고의 선물이다

49

최고의 선물이다

살구씨

한 번에
열 개는 우스운

살구씨
수북이 쌓이면

추억도
덩달아 쌓이고

추억을 베고서
꿈도 달고

장미

흙에서

피어난

피보다 진한

사랑

태풍

52

큰 바람

불어오면

작은 바람

간데없다

수양버들

잊을 만하면
찾아오는
먼 바닷바람에

먹 감으려
긴 머리
풀어헤쳤다

기암할매

넓은 고추밭
놉들이 모인 식탁

몸빼 주머니서
주섬주섬 꺼내는

진짜 붉고
겁나게 생긴 고추들

옷에 쓱쓱 닦고
고추장 듬뿍 찍어

우지직 우지직
씹어 드시는

붉은 고추보다 매운
기암할매

고추밭에서

엄마 집에 가자
"한 고랑 더 남았다"

인자 껌껌해 온다
"어야던동 마자 따야지"

엄마 배고프다
"한 포대기만 더 해라"

할매 기다린다
"……"

자식들 좋은 것
해 줄 생각에

지치지도 않는
우리 엄마

선물

아기를 쳐다보는 얼굴에
순식간에 번지는 웃음

보드라운 아기 볼 비비며
토실한 손 만지는 행복

웃고 웃고 또 웃는
한 아기를 둘러싼 온 가족

이보다 더 기쁜 선물
받아 본 적 있었던가?

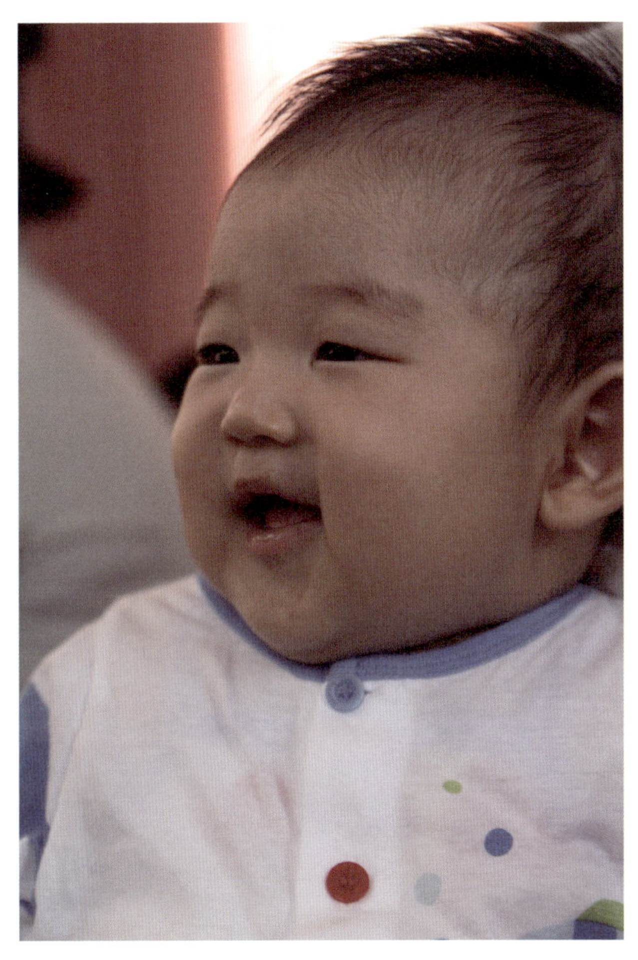

행복

행복

나를 사랑하는

한 사람

내가 사랑하는

한 사람

그 사이

최고의 말

무슨 말
더 필요할까

사랑 한 자면
충분한데

다른 말
더 필요할까

사랑만
끝까지 남을 텐데

낙동강

가만히 흐르며
하늘 구름 비추고

강 건너 점잖은
산 비추고

안녕 손 흔드는
강변 나무 비추고

잠시
내 얼굴 비추고

수평선

63

닿을 듯
말듯

애틋한
사랑

바닷길

하늘과 바다

내
마음

네
얼굴에
드러났다

거제도

파도 소리 시가 되는

그곳에 서면

시인은 침묵하고

화가는 붓을 내린다

언어와 물감으로

빚을 길 없는 초월의 솜씨

파도 소리 노래 되는

그곳에 서면

바다

모두
잠이 들면

바다는
마을로 온다

어제
못다 한 이야기

마저
들려주려

다시마

냄비에서
이야기 풀어내는

먼 바다의
짭쪼름한 추억

만남

먼 바다 위
달과 별 만났다

말할 듯 말할 듯
서먹한 둘 사이

입담 좋은 바다 이야기에
가만히 귀 기울인다

명품인생

생각은
깊을수록

말은
적을수록

사랑은
진할수록

미래는
꿈꿀수록

부자 1

되받을
생각 없이

가진 걸
줘버리면

기분이
좋은걸

주고도
남는

이 넉넉한
마음

진짜
부자인걸

외식 끝

아빠는
뜨끈한 칼국수

큰 아이는
고추장 제육덮밥

작은 아이는
바싹 돈가스

엄마는
잠시 판단 보류

한 치 양보 없는
덮밥 가스 전쟁

본부로 탱크 돌리는
화난 대장

교사

책상 줄
바르게 맞춰라

수업 시간에
떠들지 마라

친구에게
욕하지 마라

쓰레기는
쓰레기통에 버려라

온종일
당연한 말만 한다

세상은
당연해야 한다

재활

세 개의 긴 못
팔꿈치에 박고

아무 일 없다는 듯
깁스로 고정했다

뼈가 조용히 자라
얌전히 다시 붙었다

깁스를 자르고
긴 못을 뽑았다

폈다 오므렸다
열 번 또 열 번

찔끔찔끔
눈물 흘려가며

빼앗긴 자유를

되찾는다

달팽이

알고 있니?

밤새 달려온 너의 자리
찻길 한복판

알고 있니?

네가 지금 향하는 곳
잠든 시멘트벽

다 알고도 가는 거니?

촉촉한 이슬 숲으로
너를 돌려보낸다

오늘

오면
가고

가면
또 올

하루
하루

같은 듯
다르고

본 듯
새롭고

세월

세월은
얼굴로 흘러

주름강
만들고

시간은
머리에 내려

눈꽃길
내네

순리

공부하지 않고도
시험 잘 볼 수 있다면

운동하지 않고도
건강할 수 있다면

희생하지 않고도
사랑할 수 있다면

뿌리지 않고도
거둘 수 있으리

스마트폰 사용법

정보를 얻고
꿈은 잃지 않기를

재미를 얻고
친구는 잃지 않기를

편리함을 얻고
성실함은 잃지 않기를

세상을 얻고
영혼은 잃지 않기를

인생

죽을 줄 모르고
살아가고

죽을 줄 알고도
살아가고

죽을 줄 모르고
살아가고

이사

82

뭘

가지고 갈까

뭘

버리고 갈까

부자 2

내가 부자인 걸
잠시 잊었습니다

나누기까지는

우리 엄마는

좋은 거 자식들 다 주고
찬물에 밥 말아 먹어도
기쁜 우리 엄마는

끝 안 보이는 고추 이랑
장골처럼 엎드려 일해도
한 개도 안 피곤한 우리 엄마는

참고 또 참아
외양간 소처럼
순하디순한 우리 엄마는

고된 지난날보다
자식들 살아갈 날 생각에
잠시도 쉬지 않는 우리 엄마는

우리 할매

열 살 열 번
그리 길지 않은 날들의 합이 100

친구들 다 보내고도
외롭지 않고

많이 웃고 조금 드시며
사고를 즐기는

"물새 궁디처럼 까부싹거린다"
"아 까불면 눈에 눈물 난다"

훌륭한 명언과 유머로
우리를 웃게 만드는

아이 같이 소탈한
우리 할매

여자 쟁탈전

큰아들

"얼굴 만져 주세요"

작은아들

"안아 주세요"

아들 아닌 아들

"귀지 파 주세요"

우리 집 유일한 여자

매일 인기 짱

후동 할매

옷에 묻은
논밭의 흙일랑

앞 도랑 좋은 물에
흔적 없이 씻고

떠안아야 할
삶의 무게랑

장터 갈 구루마에
한 짐 가득 싣고

문득 파고드는
외로움일랑

유과 기름에
바짝 튀기지

받아쓰기

우리 집 1학년
받아쓰기 공부한다

보물지도 그리듯
한 자 한 자 또박또박

하얀 공책 위에
꿈이 자라고

연필을 따라
내일이 춤춘다

백점 받을 생각에
벌써 기분이 좋다

계절

갈 듯 갈 듯
가지 않고

올 듯 올 듯
오지 않네

연인들 놀래키는
밀당의 고수

여행

먼 길
돌아오니

우리

한 뼘만큼
더 가까워졌네

떠날 때

떠날 때를 아는 사람은
지혜롭다

미련 없이 떠나는 사람은
아름답다

가야 할 곳으로 가는 사람은
행복하다

딱지 전사

고무딱지 한 가방 메고
먹잇감 찾아 어슬렁거리는
놀이터의 전사

노련한 작전으로 기용되는
각양각색 고무딱지
공부 집중력의 10배

적군 왕딱지 '휫떡' 뒤집어
먹잇감 유유히 챙기는
딱지 전사

큰아들

소란스러운
분위기 메이커

초면의 아이들
쉬 친구로 삼고

동생을 데리고
동네를 휘젓네

고무딱지 100장 넘어도
왕 딱지 더 갖고 싶고

기말시험 95.4
용돈 받을 생각에

좋아서
폴짝

우주

밤하늘에
촘촘한 별들

함께 어울려
이루는 계와 성단

서로 밀고 당기는
절묘한 힘의 조화

순하게 순하게
돌아가는 우주

시간

1초에 29.8 km
우주로 날아가는 지구

지구 등에 업혀
아찔하게 날아가는 시간

화살보다 빠른 시간
어쩌면 당연한 일

도서관

세상의 소음에
지친 언어들이

하얀 종이 이불 덮고
가지런히 누웠다

침묵 베게 삼아
깊게 잠들었다

시

짧아서
좋다

찐해서
좋다

빈 듯해서
참 좋다

길, 꽃, 노래

오늘 갈
길이 있고

내일 갈
길이 있다

오늘 피는
꽃이 있고

내일 피는
꽃이 있다

오늘 부를
노래가 있고

내일 부를
노래가 있다

공기놀이

아내랑
공기놀이했다

참한 돌
다섯 개 골라

필사적으로
덤빈다

지고 또 지고
한 판도 이길 수 없다

힘쓰고 애써도
안 되는 일들이

인생에는
종종 있다

모순

절대 일기 쓰지 않는
부지런한 교사

학생들 일기 검사로
한창 바쁘다

병원에 가면

병원에 가면
답답한 소리 듣는다

증상은 명확한데
치료법 없단다

병원에 가면
당연한 소리 듣는다

고기와 짠 것 피하고
운동을 하란다

병원에 가면
멍하니 앉은 환자들이 많다

간호사

멍한 환자들 사이
종행무진 원더우먼

응급실

삐삐삐-
　뚜뚜뚜
　　띠띠띠-

고통 앞에
아이가 된

겁먹은 어른들
사이사이

홀로 용감한
기계

병원

어제도
한가득

오늘도
한가득

건강한
사람은

어디에
있을까

퇴원

입원하던 날부터
손꼽아 기다린 날

하나, 둘 떠나는
병실의 전우들 보며

나도 꼭 저리 되리라
결심하며 바라보던 날

막상 갈려니
그래도 정든 병원

조금은 섭섭한
이별의 날

돌팔이

주사부터
맞고 보자

자신 있다
수술하자

명의

생소한 병
모르겠다

연구한 후
다시 보자

갱년기

나이 듦의 속도가
피부에 와 닿을 때

당연한 것이
특별한 것으로 변할 때

누렸던 것이
추억이 되려 할 때

좀 더 힘을 빼고
좀 더 지혜롭게 되기를

세대 차이

‘아버지’라

부르던 나에게

‘아빠’라

부르던 아이에게

나란히 흐르는

강

요것만

엄마만 있으면
될 것 같다

레고만 있으면
될 것 같다

예쁜 친구만 있으면
될 것 같다

이번 승진만 하면
될 것 같다

집 한 채만 있으면
될 것 같다

산책할 건강만 있으면
될 것 같다

다 되었는데

이제는 안 될 것 같다

경험

파프리카
왜 잘 안 먹나 물으면

어릴 적
안 먹어 봐 그렇다 하고

포도알
왜 두 알씩 먹나 물으면

어릴 적
많이 먹어 봐 그렇다 하고

홍게
어찌 그리 알뜰히 발라먹나 물으면

어릴 적
할매한테 배워서 그렇다 하고

시간

앞서지도
뒤서지도 않고

어제도 한 걸음
오늘도 한 걸음만

세상이 피곤해도
앉아 쉬지 않고

아무도 모르게
슬그머니 한 걸음만

인생

한 소절
노래처럼

금세 끝날
우리 여행길

한 편
아름다운 시이길

한 곡
감동 있는 노래이길

철길

철

나무

자갈돌

어우러져

꿈길을 내다

사진

그때는
몰랐네

이제 보니
다 젊은 날들이었네

한평생

아이들
논다고 한 시절

청소년들
공부한다고 한 시절

청년들
사랑한다고 한 시절

어른들
일한다고 한 시절

노인들
추억한다고 한 시절

몇 번의 한 시절 모이니
그만 한평생

지하철 풍경

신문 보는 사람이
귀하다

책 읽는 사람은
더 귀하다

저마다의
세상을 향해

손가락이
부지런하다

계곡에서

한 돌 한 돌
차분히 잠겼다

범상한 사연을
조용히 품었다

수석이 아닌 돌
하나도 없었다

뻐꾸기

산 아래
높다란 아파트

아침저녁 들리는
뻐꾸기 소리

뻐꾸기가
왔나 보다

"아니아니"
뻐꾹뻐꾹

"너희들이 이사 왔지"
뻐꾹뻐꾹

탁구

너와 나

때리고 막는
사이

깎고 또 깎는
사이

걸고 푸는
사이

주고받는
사이

농구

드리블 안 되지
패스는 못 하지

발은 느리지
슛은 한참 멀지

입만 살아
입이 농구한다

축구

단정히 이발한
넓은 잔디밭

덩치 큰 어른들
힘껏 달린다

색색의
가죽신 신고

빨강 보라
예쁜 옷 입고

멀리 달아나는
공을 쫓아

달리고 또 달린다
호루라기 불 때까지

등산

티
십오만 원

바지
이십육만 원

재킷
삼십칠만 원

패딩
오십팔만 원

산
오르기 전

파산

대구

125

오래된 사진첩

펼쳐 보듯

유년의 추억 깃든

그곳을 걷는다

그리운 이들

전혀 찾을 수 없어도

묻어둔 설렘

살며시 올라온다

반월당 동성로

젊은이들 사이

새치 적잖은

나를 발견한다

서울 지하철

빽빽한

빌딩보다

더 빽빽한

사람들 물결

떠내려가지

않으려면

정신 단디

차려야지

선거 앞 사람들

이른 아침
정중히 머리 숙이는

빨간 사람들
파란 사람들

길바닥에
넙죽넙죽 절하는

노란 사람들
녹색 사람들

대한민국에서
인사성 제일 좋은

선거 앞
사람들

후회

인생은

기쁘고
단순한
것인데

슬프고
복잡게
살았네

보물 1호

시커멓게 그을린 시골아이
도시에서 온 커다란 소포

교무실에서 받아온
야구 글러브와 방망이

친구들의 부러운 시선
못내 부끄러운 미소

도시 형님 자전거 팔아 보내온
시골 소년 보물 1호

해운대

한낮 더위 잊고
한숨 돌리는

저녁 해변
무수한 발자국

처녀 총각들
썰물처럼 빠진 곳

동네 할배 할매들
발에 밟힌 세월의 파도

외도

먼바다 건너온
지친 바람

잠시
쉬어가는 곳

그가 오기까지는
외롭고 척박한 섬

오늘 꽃 한 포기
내일 나무 한 그루

일 년, 십 년, 이십 년 꽃삽
동백꽃 종려나무 가득한 정원

밀려오는 사람들 물결에
떠밀려가는 오랜 고독

태풍이 오는 하루

큰바람 일어
남쪽 더위 다시 몰아오고

공원 운동하는 사람들
집으로 빨리 돌려보내고

자율학습하는 학생들
환호성 지르며 집으로 돌아가고

그래도 풀벌레 한 마리
끄떡없이 노래하고

엄마의 땅콩

고향에서 배달된
익숙한 사과 상자

잘 볶인
땅콩 한 봉지

심고 캐고
까고 볶고

엄마의 손길
가득 담겨 있네

한 알 한 알
야무지게 씹으니

입안 가득
고향의 고소함

천하장사꾼

이른 새벽
작은 텃밭에서 따온

불긋파릇 고추
한 소쿠리

펄떡이는 깻잎
한 소쿠리

이슬 머금은 호박잎
한 소쿠리

아침마다 펼치는
길모퉁이 좌판

늙음은 어디 가고
활기찬 젊은이 얼굴

오늘도 아플 새 없는

할머니 천하장사꾼

고추 다섯 근

엄마에게는
여름날 수고
은혜로운 결실

누나에게는
갈치조림
시원 칼칼한 국물

내게는
더없이 좋은
시의 소재

고추 다섯 근
맵싸한 행복

대파

오늘 너 때문에
아내가 울었다

울면서도
너를 놓지 못했다

상처 날수록 더한 독함이
눈물을 쏙 뺐다

무심한 남자들은
멀찍이서 멀쩡했다

가족

따뜻하고 포근한

늘 보고픈 사람들

멀찍이 있으면

그리움이 되는 사랑

어제와 오늘

그리고 함께할 영원

3부

기다림

코스모스

142

가을이 오는 길목에서
가장 먼저 반기는 미소

저만치 고향이 가까우면
벌써 나와 손 흔드는 기쁨

언제 만나도 반가운
우리 누이 같은 정겨움

국화

가을 색
흠뻑 머금었구나

수북하게
활짝 피었구나

오래오래
시들지 마라

아쉬운 맘에
다시 찾은 꽃밭

봉선화

예쁘게 기억되는
사랑이고파

진하게 물드는
사랑이고파

한겨울 견디는
사랑이고파

 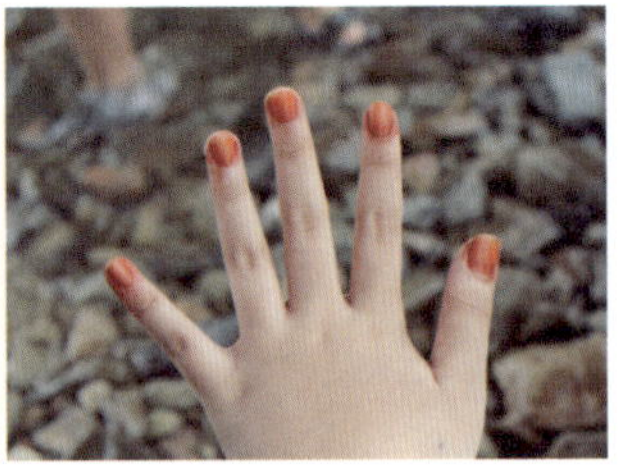

모과

못생겼다
놀리지마

끝내주는
향이있어

못먹는다
버리지마

가만둬도
향이넘쳐

홍시 따기

파란 하늘에
높이 매달린 홍시

나무를 흔들까
장대를 휘두를까

살살 기어오를까
까치밥으로 그냥 둘까

홍시 따기

가을 벼

휘영청
밝은 달빛

눈부셔
고개 숙인

가을 벼

대추

새파란 놈이
늙고 붉었다

늙어 서러운데
쭈굴방티 됐다

새파란 놈들
끽끽 웃지 마라

니들도
곧 이리 된다

단풍

불났다 불났다
산마다 불났다

불났다 불났다
온마을 불났다

아무도 누구도
못끄는 큰불에

불났다 불났다
모두다 불구경

가을이 오는 길목

가을이 오는 길목에는

코스모스 활짝 인사하고

잠자리 두어 마리

왔다 갔다 하늘에 수놓고

부끄럼 많은 풀벌레

어디 숨어 노래하고

가을이 오는 길목에는

모두 소풍 갈 준비하고

하늘정원

시골 사람 같은 도시 아지매들

꽃밭을 누빈다

꽃보다 더 고운 옷 입고

정원보다 더 화려한 양산 들고

그녀들의 푸짐한

소풍 만찬에

국화 억새 코스모스 해바라기

억수로 놀란다

가을 운동회

"코풀었다 청군
미끄러졌다 백군"

귀청 떨어질 응원 소리에
만국기가 파르르

"요이, 준비, 땅"

할아버지 플라타너스
천 개의 손 하이파이브

더 행복한 날 올 것
까마득히 잊어버린

하늘 파란 날
가을 운동회

어느 가을날

아무 일 없다는 듯
무심코 살아가는

하늘 높은
가을날이면

소풍이라도
갔으면

가을 운동회라도
열렸으면

해 넘어가는 게
왜 이리 아깝고 아쉬운지

담쟁이

모두 모두
정말 반가워

우리 다시는
헤어지지 말자

너를
꽉 잡고서

꼭대기까지
올라가 볼게

가을 하늘

한눈에
알아본

너의
깊은 사연

눈으로
듣는

너의
파란 이야기

배추 싹

사뿐히
땅에 앉은

한 마리
작은 나비

배추

몇 번은
죽어야 한다

뽑혀서
죽고

잘려서
죽고

소금 쳐
죽고

버무려
죽는다

몇 번은 죽어야
진짜 맛 살아난다

하산

무더위 무서워
산으로 피난 간

가을이
슬슬 내려온다

풀벌레
아군 신호에 맞춰

꼭대기에서
점점 하산한다

낙엽 1

땅이
추울까

이불
덮어 주는

착한
나무

낙엽 2

곱게 퍼 올린
기도 한 소절

바람에 실어
가만히 보낸다

노랑 빨강
기도문들

땅을 덮고
세상을 감싸

은혜로 피어날
새날 기다린다

가을 태풍

참다못한
분노인가

바다를 휘젓고
육지를 할퀴네

숨죽여 살피는
그의 움직임

풍요로운
가을에도

반길 수 없는
큰 손님

기북 사과

오랜만에 만난 사람들
기북 사과 안부 묻는다

"그렇게 맛있는 사과
처음 먹어 봤네"

"지금도 그 맛은
잊을 수 없네"

"또 맛볼 수 있을까"

대체 불가능한
바로 그 맛

그 맛 나는 사람으로
살아야지

풀벌레에게

164

감히 널 찾을 엄두는 못 내고

진한 어둠을 뚫고 들어온

네 파찰음에 귀 기울인다

알 것도 같고 모를 것도 같은

수수께끼 같은 너의 이야기

곶감 실종

밤이 긴
탓이요

달이 무척 밝은
탓이요

개가 짖은
탓이다

결단코
내 탓은 아니리

탄식

헤아릴 수 없이
가지런히 촘촘히

밤마다 날마다
이 빠진 듯 허전한데

할매 탄식 소리
애처롭다

"야 이놈의 소상들아
꼬깜 한번 만들어 무보자
아이고 얄구지레이"

잎사귀

한겨울
모질게 추운 날

감각 없는 땅에
파랗게 피는 잎사귀

너를 보고
새파랗게 질린 겨울

남쪽

아무리 춥다 한들
서울보다 10도 높다

평양에도 시베리아에도
멀쩡하게 살아간다

북극에는 얼음집 짓고
아무렇지 않게 살았단다

올겨울 최고로 춥다 한들
따뜻한 남쪽이다

철새

날카로운 얼음에
포위당한 강

맨발로 서 있는
너는 누구냐

얼음보다 더 시린
새벽어둠에

가만히 앉아 노니는
너는 누구냐

시베리아 칼바람에
심장이 멀쩡한

너는 누구냐

화롯불

겨울이 이다지 추운 건
바람이 차거나
눈이 많아서가 아니다

우리 할매 사랑방
벌겋게 달아오른
화롯불이 없어서이다

세련된 아파트
어느 방에도
화롯불은 찾을 길 없다

겨울이 이다지 추운 건
화롯불 지피는
사람이 없어서이다

기다림

손 시린
겨우내

간절한
기다림

한 송이
예쁜 꽃

겨울나무

메마른 손
쫙 펼쳐

높이 쳐든
야윈 팔

한겨울에

파랗고 붉은 쑥이
씩씩하게 그대로다

토끼풀 소복이 모여
행운을 찾으라 한다

차가운 바람을 즐기는
작은 들꽃 앙증맞다

섭씨 영도의 기준이
이들에게는 의미 없다

낯설음

2*0*2*0

낯설게 헤어졌는데

2*0*2*1

더 생소한 것이 왔다

2*0*1*9

2*0*1*8

2*0*1*7

…

친근하게 헤어진 것은

하나도 없다

보물섬

출근하는 시간 좋지만
집에 가는 시간 더 좋다

여행 떠날 때 흥분되지만
집으로 돌아오니 편하다

맛집 음식 좋지만
집밥이 역시 최고다

우리 집은
보물섬이다

우리 아지야

못하는 게 없는 우리 아지야
아이들 데꼬 온 동네 누빈다

산더미 짚단 파헤쳐
근사한 동굴 집 짓고

한겨울 허허벌판
밤새 얼음썰매장으로 만들고

세상에 없던 대왕 방패연
우주 높이 띄우고

대나무 낚싯대로
팔뚝만 한 물고기 잡아 올리고

아지야 따라 다니면
하루해가 너무 짧다

아파트 고향

아들 떠난 방

빈 책상에 앉아 본다

내가 그랬듯

그는 객지로 갔고

까불고 웃던 날은

벌써 추억이 되었다

머잖아 돌아오겠지만

이내 곧 떠날 아들에게

기북이 내게 그러하듯

여기도 그리운 고향일까?

기북

젊디젊은 나이 고향 떠난 아이들은
할배 할매가 다 되어 간다

기북 포도밭과 사과밭은
사이버 세상에서 이어지고

왕할머니의 웃음과
아버지의 여유는

후손들의 유산이 되어
화목의 꽃으로 핀다

홀로 고향을 지키는 어머니만으로도
기북은 너무 충분하다

우리에게
고향은 너무 좋다

기북사람들 1

기북사람들
기북사람들 커피숍에 앉아
기북사람들 이야기 하다가

맛있는 커피와
기북답지 않는 가격에
적잖이 놀라다가

"No farmer, no food
(농부가 없으면, 음식이 없고)
No God, no farmer"
(하나님이 없으면, 농부도 없다)

농부인 기북사람들
선명한 그 글귀를
유심히 바라본다

기북사람들 2

진짜

기북사람들

기북사람들에

잘 가지 않고

가짜

기북사람들

기북사람들에

자주 들르고

※ 기북면 용기리에 있는 카페 '기북사람들'

기북포도밭 어린이회

기북 한들 바람
박장로네 칠남매

이슬 머금은 딸기 따고
도둑없는 원두막 지키고

그 가지에 깃든
열일곱 송이 고운 꽃

체코, 미국, 캐나다
이집트, 시에라리온, 한국

지구 이곳저곳
저마다 꽃밭 일구는

착한
기북 어린이들

내일

183

가장 아름다운 노래는
아직 불리지 않았다

가장 아름다운 시는
아직 써지지 않았다

가장 아름다운 사랑은
아직 나타나지 않았다

광복

숨통 막힌
절망의 한반도

어쩔 수 없는
슬픔에 짓눌려

넋 놓고
앉았을 때

하늘에서 내리는
큰 은혜의 소낙비

고통과 눈물
다 떠나가는

동네방네 넘치는
기쁨의 함성

통일

헤어져서도
그런대로 살아왔다

헤어진 상태가
이제 더 익숙하다

새로운 사람들 만나
다 잊을 만해도

너를 향한 기억의 끈
점점 더 강해온다

너를 다시 못 만나면
사는 게 사는 게 아니다

길동무

가다
힘들면

쉬었다
또 가지

함께
손잡고

귀여움

어릴수록
더 귀여운 건 어쩜일까

클수록
어디로 가는 걸까

그 귀여움

어린이날

이 방 저 방 살펴도
아이 없는 어린이날

어른들만 누워 자는
어린이날 이른 아침

촐랑대고 까불던
그 귀여운 아이들은

다
어디로 갔나?

미련

몸에 좋다는
꺼칠한 현미

건강을 위해
꼭꼭 씹는다

밥솥 수북한
현미를 보노라면

왜 자꾸
백미가 생각날까?

고향의 말

길 가다 풀 무성하면
"소꼴 좋다" 하고

찻길 옆 철쭉 화창하면
"진달래 참 곱다" 하고

한참 길 걷다 돌아보며
"솔가지 공장쯤 왔다" 하고

도시 곳곳에 스며든
고향의 언어들

스승

지식을 가르치는 것
어려운 일이 아니다

삶을 가르치는 것
쉬운 일이 아니다

학교

가르치고 가르쳐도

또 가르칠 수 있는 건

배우고 배워도

또 배울 게 있다는 것

오늘 하루

무엇 배우고 무엇 가르쳤나?

역사

193

사람

하나님 말씀 안 듣고

자식

부모님 말씀 안 듣고

학생

선생님 말씀 안 듣고

역사

은혜로 은혜로만 흐른다

별꽃

서로 사랑하면
별이 되고

서로 미워하면
똥이 된다

드넓은
똥바다에

드문드문
별꽃 피었다

아이들

내가 책을 보니
아이들이 책을 본다

내가 글을 쓰니
아이들이 글을 쓴다

내가 유머를 하니
아이들이 유머를 한다

내가 좋아하는 음식
아이들이 좋아한다

아이들은
속일 수 없다

한순간

기도는 길어도
응답은 한순간

터널은 길어도
빛은 한순간

한숨은 길어도
기쁨은 한순간

겨울은 길어도
봄은 한순간

오늘은 길어도
영원은 한순간

새해 인사

새해에는
부자 되세요

새해에는
건강하세요

새해에는
뜻하신 것 다 이루세요

새해 인사가
현실이 된다면

모든 것 다 이룬
건강한 부자

큰 축복일까?
지독한 저주일까?

홀로 자식

서운한 일 하나
마음에 걸려

부모를
외면한다

천만 배
더 큰 사랑

까마득히
잊어버리고

동생

더 이상 밀리지 않는다
눈치가 구단이다

약삭빠른 야곱처럼
잘도 빠져 나간다

때론 눈물정공법으로
전세를 뒤집는다

더 이상
동생이 아니다

실패

200

게으른 내 영혼

흔들어 깨우네

게으른 내 영혼

흔들어 깨우네

집

평수보다
사랑이다

진미보다
화목이다

가구보다
믿음이다

좋은 집은
마음이다

고향 1

그리 멀지도 않고
가깝지도 않은 곳에

고향이 있어
참 다행입니다

괜히 바쁜
도시 생활에도

잠시
마음 널 수 있는

고향이 있어
참 다행입니다

어른 되어
어쭙잖게 행세하다가

다시 아이처럼

뛰놀 수 있는

고향이 있어

참 다행합니다

일상

로션을 바르고 또 발라

나올 생각 없는 너를 기다린다

엘리베이터 앞에서

오지 않는 너를 기다린다

벌써 출발했다는데

함흥차사인 너를 기다린다

너를 기다림이

일상이 되어 기쁘다

그리움

햇빛이 이리 따뜻한 줄
겨울이 되니 알겠더라

바람이 이리 시원한 줄
여름이 되니 알겠더라

네가 이리 그리운 줄
며칠 없어 보니 알겠더라

햇빛이 이리 따뜻한 줄
겨울이 되니 알겠더라

집 한 채

집 한 채
근심 한 채

집 두 채
근심 두 채

차 한 대
염려 한 대

차 두 대
염려 두 대

겨자씨 한 알 믿음
세상을 바꾸는 능력

기도 한 판
새털처럼 가벼운 영혼

사랑공부방

인생은
사랑공부방

미처 몰랐던
부모님 사랑

일상에 감추인
하나님 사랑

깨달아 알아가는
사랑공부방

흑자 인생

드린 만큼
남는다

나눈 만큼
풍성하다

믿는 만큼
보게 된다

죽는 만큼
살아난다

겸손

하나님을
알고

나를
안다면

겸손할
밖에

하나님을
모르고

나를
모르면

교만할
밖에

기도

기도가
막히면

다
막히는 것

기도가
열리면

다
열리는 것

일꾼

지극히 작은 일이
큰 일임을 알아

지극히 작은 일에
큰 정성 들인다면

지극히 작은 자가
큰 자임을 알아

지극히 작은 자를
큰 자로 섬긴다면

그는 일꾼
진짜 일꾼

고향 2

어디에 살든 돌아갈 고향 있어
오늘도 기쁜 날

객지에서 수고와 땀
실패와 성공

늘 반겨 주는
환한 얼굴들

오늘도 소풍 나온 마음
즐거운 타향살이